# AL MENOS
# TOCA LO QUE MATAS

*Julián Herbert*

*AL MENOS TOCA LO QUE MATAS*

La Pereza Ediciones

## NOTA DE LA EDITORIAL

Parte de esta selección poética
sigue los criterios
de una antología previa
organizada por Luis Jorge Boone.

Título:

Al menos toca lo que matas

© Julián Herbert
© Portada Leonel Sagahón

De esta edición 2021, La Pereza Ediciones, USA
www.lapereza.net

ISBN: 978-16-23751-77-7

Diseño de los forros de la colección:
Estudio Sagahón / Leonel Sagahón
www.sagahon.com
Maquetación Julián Herrera

Julián Herbert

# AL MENOS
# TOCA LO QUE MATAS

MUNDOSR▲ROS

## BREVE PRÓLOGO DEL EDITOR

¿Cómo escribir sobre los poemas seleccionados en esta edición dedicada a Julián Herbert? Para mí resulta tarea harto complicada pues, en primer lugar, amo la buena poesía. No la amo así solo por pronunciar o escribir el verbo amar, que se escribe y se dice muy fácil. Lo que ocurre es que, si estamos en presencia de poemas excelentes, y es este el caso, pues cada uno de los poemas te dejan sin palabras, y hasta sin aliento. Porque cada uno de los versos de Herbert, y esto quizás sea lo más terrible, o lo más hermoso, te dejan quizás solo un espacio, que no es poco, para el mero disfrute. Es lo que yo he sentido leyendo estas páginas del reconocido escritor mexicano, artífice de tantos otros quehaceres artísticos más, como el de músico, por ejemplo, una profesión tan ligada a la poesía.

Los poemas de Herbert contienen una particularidad muy atrayente: la presencia casi constante de intertextos y la alusión a íconos culturales y a la cultura pop. Se agradece además en estos versos la frescura y la elegancia de los mismos. En ninguno de ellos, pese a, como ya se ha anotado, se acude a la mención de elementos culturales que han marcado, o marcan, nuestras comunes vidas, se acude, repito, por puro capricho. Y no se percibe ni por asomo un átomo de pedancia, típica de algunos hacedores de versos que alardean en ocasiones de sus "conocimientos" y traen por los pelos referencias culturales que llegan a atentar directamente, no solo contra la calidad de los escritos, sino contra la propia recepción del lector.

Así, desde Olivia Newton John, pasando por Gengis Khan, los zapatistas, Don Juan Tenorio, figuras bíblicas, hasta llegar a sitios como Mc Donald's o a la misma Casablanca, con la mención en una línea de Play it once, Sam, se revela un yo poético atormentado, un yo que de todo discurre pues todo le asombra, y todo lo entrelaza, lo discute y, en resumen, tal vez todo lo mata; pero al menos, en efecto, lo toca.

Esclarecedores de estos planteamientos resultan poemas como "Mc Donald's", toda una apología de vida; o mejor, de la auténtica vida, esa que ha de carecer de clichés: "Nunca te enamores de un kilo de carne molida", "Nunca te enamores de las medias azules", "Nunca te enamores de la muerte". En una vertiente parecida transcurre también "La ausencia": "Nos gastamos a diario en edificios/ en trenes, y sillones,/ periódicos pasados, simulacros,/ de incendio que organizan los bomberos."

Al final, no puedo dejar de meditar sobre el título del poemario, que pertenece, por cierto, a un verso del poema "Oscura". En mi opinión, como lectora y editora de este volumen, pero sobre todo, como lectora, es para mí este libro un reflejo de vida. Que de esta vida tenga una visión en específico Herbert, y apunto, "en específico", porque no me atrevería a apuntar "sui generis", pues en esto mismo radica la potencia de su discurso poético. Y precisamente por la fuerza de sus versos es que no creo yo que el poeta "toque lo que mata". Lo que ocurre, quizás, sea que reviva lo que dentro de muchos pueda estar, por dentro, aun inconscientemente, muerto. En el título de este libro, Al menos toca lo que matas, puede encontrarse muy bien la vuelta, o el regreso, a la vida. No a la vida predecible de cada día, sino a la vida a la que nos asomamos tantos con asombro. Ese asombro logra Herbert transmitírnoslo, a través de un verbo fascinante, para que también pensemos sobre el significado real de la existencia humana.

Greity Gonzalez Rivera

**CHILI HARDCORE**
**(1994)**

## BORDER LINE

Mira, mira bien:
ella es la diosa del alambre de púas;
no cruces la frontera, amigo,
porque te despedazará.

Dicen que no lleva nada
bajo el vestido.
Y también dicen, my friend,
que si tocas la comisura de sus labios
no escucharás los ruidos
de perros y patrullas /

> I told you
> she's the owner
> (la diosa del alambre de púas).

Si te acercas
acabarás bebiendo agua en el río
con un supositorio de plomo bien plantado.

Hace poco
cruzó de vuelta un hombre,
loco y enfermo y con los pies llenos de costras;
lo dejaron por el rumbo de Tj
unos gringos que tenían humanidad.

*Qué pasó*
    le dijimos,
        *cómo estuvo /*

Y acabó por cortarse la lengua.
Escucha mi tonada, valedor:
no vayas, no cruces la frontera.
Ella es la diosa del alambre de púas
y nadie te salvará.

# EL NOMBRE DE ESTA CASA
(1999)

# LOS QUE CUMPLIERON MÁS DE CUARENTA

Para Pedro y Mabel

Los que cumplieron más de cuarenta
se deprimieron mucho el día de la fiesta,
o fingieron que era la misma fiesta de hace cuatro años,
o comieron y bebieron tanto
que al día siguiente se sintieron enfermos,
casi viejos.

Pero los que cumplieron más de cuarenta
ya están mejor: sus gestos
han perdido la ostentación de la juventud.
Ahora pueden fumar, sostener una viga,
pelear con el marido por culpa de los clósets
y hasta hacer el amor
con ademanes lentos, naturales, con la resignación
de quien sabe que el tiempo es pura pérdida de tiempo.

Los que cumplieron más de cuarenta
tienen historias absurdas: accidentes
en motocicleta, piedras en la vesícula,
un rancho y un piano y una mamá que huele
a piloncillo con nuez, un hermano seminarista,
un volkswagen amarillo,
una infancia resuelta a punta de balazos
en el oscuro de un cine que hoy no existe.

Y así,
vuelta y vuelta la fe de la memoria,
inventándose penas adolescentes
para el cuerpo donde viven ahora,
los que cumplieron más de cuarenta recuerdan
no para revivir la juventud sino para decirla,
porque deveras no tienen miedo de los años
pero sí tienen miedo del silencio.

Los que cumplieron más de cuarenta
se enojan si les hablas de tú,
se enojan si les hablas de usted.
Hay que llamarlos a silbidos, a tientas,
a empujones,
a palmadas en la espalda,
hay que llamar su atención mencionando
políticos rusos o películas francesas,
hay que explicarles casi todo
acerca de los juegos de video
y los nuevos programas de la televisión.

Los que cumplieron más de cuarenta
saben pensar el alba:
un cuerpo gozado en un hotel de paso,
un cuerpo solitario de vodka en el mejor hotel,
una calle vacía y de pronto los pájaros.
El amanecer esa banca en el parque
y las palabras que no llegan a la boca.

Hay que dejarlos recordar
y luego seguirlos hasta la ventana
(hablarles de tú, hablarles de usted),
palmearles despacito sobre un brazo
como a unos hijos nuestros que de pronto
crecieron demasiado y nos asustan.

Los que cumplieron más de cuarenta
desean cosas bien sencillas:
que la fiesta se acabe,
que las muchachas no les digan "señor",
que diosito con su lápiz les borre la panza,
que el café vuelva a saber,
que a las calles de la infancia nadie les cambie el
nombre,
que las piernas de alguien se abran para ellos
y dormir calientitos,
como si una señora difunta los arropara
estirando la mano desde atrás
–muy atrás–
de la vida.

## AUTORRETRATO A LOS 27

Yo era un muchacho bastante haragán
cuando me asaltaron las circunstancias
sábados y domingos cantaba en los camiones
ahorraba para unas botas Loredano
y besé a dos
no
a tres muchachas
antes de mudarme a esta ciudad

Aquí me extrajeron el diente cariado
y de paso me arruinaron la sonrisa
este relámpago de fealdad por donde asoma
involuntariamente
el ápice más claro del pozo que yo soy

Aquí firmé facturas
documentos de empleo
paredes silenciosas
y también me tomé fotografías
me hice archivo me hice historia me volví
un detalle en el paisaje de la suma
no encontré nada mejor
lo dije antes
yo era un muchacho bastante haragán
y la gente desconfiaba de mí
cómo iba a enamorarse uno tan mal vestido
cómo tendría razón

Pero tuve razón algunas veces
y si no
tuve al menos esa ira luminosa
que convierte a la estupidez en una revelación

En cambio no podría hablar del amor
–y que conste que a mi lado también duerme y bosteza
el verboso maquillaje que entre cedro y caoba
declaraban en falso los poetas provenzales–
pero tengo el recuerdo de una tarde en el bosque
ardillas mirándonos desde una roca
inmóviles
y nosotros dos guardábamos silencio

Desde entonces algo crece a través de mis ojos
y en mis testículos
y en el rumor que hace mi pensamiento
algo de mí crece en mí como un saludo
como una tregua
como una bandera blanca

Pero no hablo de amor
sino de que me gusta agitar esta bandera

Bastante haragán es cierto lo confieso
tres muchachas besadas cuando llegué a la ciudad
quién me viera hoy caminando por la calle Juárez
mi hijo gritándome papi
mientras pienso en los asuntos de la oficina

en el traje Yves Saint Laurent que me vendieron de
segunda
en los exámenes que falta revisar
en la amistad que mansamente se vacía
o se llena

Pienso en la desnudez
en los malos olores de la gente que pasa
testimonios de salud o promesas de la muerte
pienso en mi país que es solo un plato de lentejas

Y también pienso en este poema
que hace 27 años se fragua dentro de mí
y nunca termina
nunca dice las palabras exactas
porque es igual que yo
un muchacho bastante haragán
una verdad fugaz como todas las verdades

Tengo derecho a hablar de mí cuando hablo del mundo
porque hace muchos años miro al mundo
y tengo derecho a sentirme verdadero
fugazmente verdadero
porque mi voz también puede abrazar a la gente
aunque no sea la voz de un santo
ni la voz de la lluvia
ni la voz de una madre que llama a su hijo difunto
ni la voz de un sabio antiguo
mi voz también puede abrazar a los que pasan

a los que escuchan
a los que abren el libro al azar y en silencio
y a ti
sobre todo a ti
mi voz también puede abrazarte
mi voz también puede abrazarte

Aunque sea la voz de un hombre al que hace años
le arruinaron la sonrisa
aunque sea la voz de un haragán
mi voz también puede tomarte por los hombros
y decir suavemente
"estoy cantando
estoy cantando para ti"

## OJOS

La Historia Universal
en los recuerdos de mi casa en Acapulco:
callejón Benito Juárez
con un puesto de aguas frescas
y el perfume de los mangos;
tal vez un costado de la cárcel
insinuándose apenas tras la esquina.

Veo mi primer cuerpo
vacío en el cuerpo de un ahogado:
dos hombres lo sacaron de Caleta
y pusieron a escurrir su cadáver
con los pies hacia arriba,
como si pretendieran exprimirlo de la muerte.

Veo la mano de Jorge
tirando un gato desde el balcón.
La mano de mi madre preparando comida.
Las manos de un amigo
empujando mi coche de pedales.

Yo no me veo: no me veo.

Ese niño se gastó en la mirada.
Apenas una brizna de su vida me roza
cuando tengo los ojos borrados por el sueño.

**LA RESISTENCIA**
**(2003)**

## MARCEL DUCHAMP.
*RESISTENCIAS ELÉCTRICAS*

"… ya un filamento
es resistencia: el flujo
se estanca al pasar de su
conductor idóneo
a cualquier material menos veloz."

———————————————

Dios
era una fábrica de focos.

———————————————

La lucidez aislada por
herméticas esferas.

———————————————

En el principio fue
la reverberación.
Un *zoom* verbal.
Acercamiento
a las bestias del sonido.

———————————————

El sentido como efecto lateral de la belleza.
La belleza como efecto lateral.

———————————————

Cosa, cosa,
¿por qué me has abandonado?

_____

No sé como se llama
esta flor que en el vacío tiembla
sólida
como hebras de algodón.

_____

¿Cómo funciona?
Una bombilla vertical.
Una soga volátil.
Una emancipación de manchas.
¿Cómo funciona?
Solo el desgaste y las impurezas
la vuelven real.
¿Cómo funciona?
Buscas a tientas
la llave de su luz.

_____

El vidrio es siempre
*este lado.*
Un empaque de vacío
que los dedos empañan.

_____

¿Es indiferente?
¿Es perceptivo? ¿Es lineal?
(Llegué hasta aquí
queriendo des-
pedirme.)

———————————————

Fabricar un vidrio: inmovilizar
la identidad.

———————————————

De niño, leí hermosos poemas
bajo la incandescencia del alumbrado público.

———————————————

"Awake for ever in a sweet unrest":
escribo para volver
al corazón
de un resplandor.

# PITÁGORAS LA VOZ

A cada rato me agobian lo fenicios
con sus tablillas
con sus zaleas teñidas
con la oscura caligrafía de sus espaldas
hasta que todo Chipre se funde en mi cabeza
y salto al mar
hecho una glándula de tedio y minerales

Luego los navegantes portugueses
la Nao y el Fuerte de San Diego
las citas exiliadas *(Parve –nec invideo–*
*sine me, liber, ibis in urbem)* en hoteles de paso
en Paolo y Francesca
en laberintos que trastocan la evocación gramatical

Y los mullidos barcos genoveses del alcohol
la rabia prístina y sonora de Neptuno
la cocaína que se desliza por mis venas
como la euforia de un vikingo hacia tierras eslavas /

*y tomaban mujeres de no besados pechos*
*de carnes que eran soplos de nevisca*
*hermosas e iracundas como toros de lidia*
*y dulcemente preferían*
*poseerlas junto a los manantiales*
*para luego estrellarles la cabeza en los riscos*
*con mayor facilidad*

¿Qué son los riscos
el agobio
la madera de cedro con sus vetas?
Son palabras
trozos de jarcia amargados en océanos de historia
chispas de aliento que no podrán ser destruidas
ni por la cólera de Júpiter
ni por el fuego
ni por el hierro
ni por el tiempo voraz

A cada rato el sol
los sables de cuarzo del imperio traslúcido
las grietas en las vigas de los techos
los quinqués
los cerillos
me recuerdan mi infancia en barrios pobres
y mi fervor por las albercas de vacío

(Yo soy la resistencia: el lugar
donde la miseria y la palabra *miseria*
intercambiaban labios
fantasma explorador parado al fondo
de sus desengaños
sobre el Puente de Londres
y mi nombre es Legión
y mi báculo una lengua quebrantada
y en mí la faz de las urnas y de los obituarios

languidece
como la luz de una vela en las manos de un náufrago)

El Támesis
el Tajo
los ríos de Babilonia
el arroyo de basura que pasaba a dos puertas de mi
casa
los charcos de belleza donde las ruinas se arrodillan
el frío que se adueña de Tomis
como un torvo almirante
en oleadas
los guijarros que treman en la playa de Dover
el remanso y el ciclón en la memoria de mi padre
el Volga
el Helesponto
el agua dulce y dura de los icebergs:
*vengan y hagan un río*
*vengan y hagan un coro para el fin de nuestras frondas*

Ha muerto el tiempo de la veleidad
ha muerto el arte de la guerra
ha muerto la dentada maquinaria del intento
toda movilidad yace ahí bajo estas moscas
a nosotros solo nos queda resistir
nadar en las albercas de vacío hasta llegar al zen
o perder toda la piel en filamentos
o al menos emerger al otro lado del domingo

(Sumérgete en la alberca irisada por la cera)

La lucidez cruza los templos del alcohol
como sobre la llama un péndulo de cera

Despojado de mí por mi visión nazco a los mapas
a las runas
a la sombra acumulada en frascos viejos
a los libros del siglo XVI
un clic entre lo blanco y el reverso de la página
un despeñarse
bajo el puente de enes que hace el Puente de Londres
un plaf de la materia que
borracha
penetra
las aguas del vacío

*(Bajo el puente corre el agua nocturna y reluce)*

Del Balsas recuerdo sobre todo
orlas de espuma verde y blanca
en torno al dialecto de las lavanderas
y la prisa de los novios de mi madre
por hacerme sonreír
uno me llevaba en hombros
el otro me enseñaba a lanzar cantos
que rozaban apenas la agrisada superficie
–y en el fondo había piedras
transparentes

redondas
como burbujas de polietileno

En su campana de vacío la materia resiste
nada como una llama hacia los labios
vitupera
erosiona en lo que digo lo que soy
–un tallador fenicio
un viviente despojado de reflejo por las aguas
una trenza de alfabetos fugazmente fosfórica
una mecha cuyas chispas se deslizan
nasalmente
pitagóricamente
hasta el líquido centro de la boca

*Yo soy la resistencia:*
*soy una confesión*
*extraviada en un bosque de símbolos*

**KUBLA KHAN**
(2005)

# HEXAGRAMA DEL ASNO

¿Y qué decir de un asno?
Yo nunca dije nada.

Había un asno junto a la boca de Leticia:
era lunar su ardor
y se rascaba contra mí
furiosamente.
Había un asno en la casa de Juan Luis
y nos cobraban cinco pesos por montarlo.
Yo nunca lo monté.
Había uno hinchado y negro flotando en el arroyo,
otro muy amarillo en un sueño del Ártico,
y el de las tiras cómicas,
y un asno un poco bizco en la mirada de Gabriela
vuelta sobre su hombro desde un país de aroma.

Asno.
Tan bestial esta palabra
que me repugna todavía. Como fundar
en una coz el vuelo de los ángeles.
Como ser la pelambre y rumiar parpadeos
de un aliento sonoro entre los girasoles.

Sin aurigas ni hazañas, apenas alveolado
por el pudor
o la procacidad de una muchacha.
Sin ley ni alegoría, apenas sumergido

en la cobriza tarde
igual que un tren de Turner.

La mismidad –nunca lo dije–
era este mismo asno
detenido en su piel color de rata
frente a un fondo vulgar de espigas verdes.
Un gusto de vivir animal y esforzado,
pero amargo
como la salvia o el laurel.

# EL CORAZÓN
# DEL SÁBADO EN LA NOCHE

(Tom Waits bebe con Li Po)

El viento baja del bosque. La luz del bulevar
baila como una vela en el pretil de una ventana.
Cielo tibio. Las montañas forman una corona
alrededor de nosotros. Alguien habla de futbol
entre el llano dormido del estacionamiento
y los gritos que salen a la puerta del bar.
Por la barra, las luces de colores
saltan vasos vacíos,
como en un juego de damas chinas.
La música es un río tembloroso de estrellas.
Una botella de vodka
hace más transparente la luna.

## PIET MONDRIAN

(barras y música)

Un fantasma de la geometría:
un vaso de agua encima del buró.

> *Cierras los ojos mientras bebes,*
> *como si –para gustarlo*
> *más– quisieras*
> *ausentar este sabor.*

A través del vidrio, el agua.
Abajo a la izquierda
de la luz amarilla
una sábana
azul.

## LA LEY DEL REVÓLVER

Ya lo dijo el vaquero:
*te mueves y te mueres.*
Filosofía desoriental
del spaghetti western.
Qué hilo de Nilo y rosa
svástica en la danza
de esta buena, mala y fea
maldición aliterada:
*te mueves*

                *y te mueres.*
Pon este koan en tu canana
junto a la foto de Van Cliff
y las bravatas de Heráclito el Oscuro.

# DON JUAN DERROTADO

Todas mis mujeres quieren estar con otro.
Me abandonan por un adolescente,
alaban a su esposo mientras yo las estrecho,
se van con periodistas,
con autistas,
con rubios bien dotados, con guerreros
y cantantes venidos de ultramar.
Todas son bárbaras, histéricas,
infieles: me acarician
con el filo azorado de un puñal de lencería
y se lanzan a bailar en la inmunda taberna
montadas en los ácidos corceles del calor.

(Siempre bailan con otro:
mi vida es un gazapo entre las pausas de la orquesta.)

Yo las deseo entrecortadamente,
como un caimán imbécil y violento
que gusta de la presa aderezada con veneno.
Yo las deseo en las cornisas más esbeltas del amor.

Abismos sucesivos y dádivas perpetuas,
sus cuerpos se prolongan en mí hasta confundirse:
una compra cortinas,
ésta me pide que por favor la abofetee,
aquélla está sentada en un parque vacío,
la mirada perdida, comiéndose un helado.

Yo les muerdo los cuellos,
les palpo cada legua de la piel,
les hablo con la piedad de un epiléptico
que habla a sus pesadillas.
Ellas no duermen nunca: su único empeño
es la traición.

Celosas. Inconstantes.
Me arrojan de sus vidas como a un príncipe azul
que es echado de la fiesta de disfraces
con nada más que un vaso desechable en la mano.

Todas me engañan. Todas.

En sus brazos,
yendo de unos a otros brazos,
me siento como César, que miraba
—mientras ardían en su pecho los cuchillos—
algunos de los rostros que más amó.

## LOS MEZQUITES

Para Hernán Bravo Varela

Es más cómodo flotar sobre honduras tranquilas
que estar de pie en el lodo, con el agua hasta el cuello.
Quédate quieto un rato y vendrán las tortugas
a comerte los dedos entre helechos y hierba,
sin siquiera mirarte. (Tres millones de años
sitiadas en un charco en medio del desierto;
¿qué piedad o qué rencor puede causarles
el manso enjambre de tu futuro?)

Cavan salud los brazos en la calma.
Apenas emerges, un alfiler de sol
te llama desde el fondo: un anillo
que gira entre el deseo y la generosidad.
Nadas tras él, cabeza abajo, con los ojos abiertos,
hundiendo puños en el fango de la ciénaga.
Pero el anillo es sólo un rumor.

*Dicen que Los Mezquites forma parte de los restos*
*de un mar que en la prehistoria cubría esta región.*
*Su flora y fauna incluyen estromatolitos,*
*endémicas tortugas de bisagra y ciegos peces*
*que nadan en cavernas a donde no cae luz.*

Nunca llega, el viento: viene hacia acá
como un rumor, haciendo rizos
cada vez más pequeños en el agua.

Así suenan al ras de superficie las palabras, el anillo:
es más cómodo flotar que estar de pie.

Preferible bucear debajo de los nenúfares negros:
arden los ojos abiertos, hojas de agua
tapian el sol sobre la sien.
Ciego como los peces en una gruta líquida.
No hay más joya nupcial que un rumor en la boca.
Con el agua hasta el cuello.

Poza Los Mezquites,
Cuatro Ciénegas,
septiembre de 2004

# PASTILLA CAMALEÓN
(2009)

# FÍSICA BLANCA

escribo el movimiento

embalsamado en horas que se desbocan peces
o que se empalman como palitos chinos
mientras el autobús tormenta adentro avanza

tengo kilómetros hasta la médula más alma
mi rodilla crece y punza        la aguja en el tablero

un día en el malecón
con el agua hasta el cuello blin blin su empuñadura
otros en un hotel desquiciado a palomas
pasé noches en vela
oscuras y nupciales como la droga dura
hubo un lugar donde (¿vengo de suicidarme
o de abrir los postigos?) Alicia en uniforme
verdemente gemía a través del espejo
ayer dormí en un parque
sin más piel en los huesos que este suéter de lana
escribo en un futuro
que el autobús inventa
es una acalambrada eternidad
pasajera:
deshielo de elección      un tigre
enjaulado en sus rayas

# FÍSICA NEGRA

Entre la soga e Isaac vive un ahorcado. A veces, cuando Isaac viene a la soga, se detiene a hacerle compras al vecino: ambres, cuencas vinosas, buitres que se destilan en la marmita del tarot. Son adquisiciones caprichosas. Isaac podría conseguir mejores pintxos allá abajo, debajo de la tierra. Pero le gusta engolfarse en los delicatessen del suspenso, sentirse enlevecido por las patadas de la asfixia.

Todo esto guarda algo de frivolidad. Isaac es un matemático y no debiera engañarse con aéreas fantasías de sobrepeso. La ciencia se lo dice. La soga se lo digo. La rama, crujiendo como un guiso, se lo ha dicho. Pero Isaac no hace caso: mastica la cabeza de camino a la soga, mide la gravedad con que caen los sonidos, pregunta si alguien quiere manzanas allá abajo...

# BATALLÓN SAN PATRICIO[1]

Entonces nos rodean y nos disparan y algunos
compañeros caen.
Mi idioma es siempre distinto al de ellos; no hay modo
de salvarlos.

Es el 20 de agosto de 1847, o el 8 de junio o el 11 de
enero;
otra vez efemérides en el ano del cielo, dolor de
maquinaria de guerra
        en las letrinas,
enfermedades infestando de cifra las campañas.
Capitanes
y tenientes travestidos de doctores curan mapas.
Trazan
parques de atracciones en el tiempo.
No hay parque: sólo zonas de soga y pajaritos, bancas
verdes,
        camellones.
Si hubiera parque no estaríamos aquí
este domingo.

---

1. El 20 de agosto de 1847, soldados irlandeses desertores del ejército norteamericano pelearon a favor de México en la batalla de Churubusco. Siguieron batiéndose incluso después de que Anaya, general de los nacionales, capituló. Casi todos murieron en combate. Los sobrevivientes fueron destinados a la horca.

(En los juegos mecánicos, un niño
me pide prestado el rifle;
quiere ahuyentar a las moscas que se comen
los restos de su pie.)

Los cadáveres me hablan al oído: nueva logística,
órdenes para Álvarez,
Dagda en el Mag Tured de Churubusco. No entiendo
su malamadre lengua pelirroja,

su ruego amancebado a la mansalva,
su déspota lealtad a este corral de atrincherados.

No sé de qué soga me hablan.

(En Irlanda maté un pez.
Era un pez de Liverpool.
Venía bajando la cuesta
de pinos acantilados.
Venía montado a caballo.
Venía cantando en su lengua.)

Hay peces que cruzan el pantano,
a veces. O el Atlántico.
Hay ratoneras en el ático del viejo militar.
Hay países que en su mala
pata de palo llevan siempre
un veterano de guerra.

(En Irlanda maté un pez.
Pero los de Liverpool
también tienen asesinos.)

Entonces nos rodean y nos disparan por disciplina, por
puro amor
        a su mundo.
Es algo digno de ver aunque esta bala esté chupándose
mi cuello.
        Es algo bello que nosotros conservamos.

Bello como Héctor muerto: domador de caballos
susurrando a la arena que las bestias de Aquiles no lo
arrastren.

Belleza las cariátides de un edificio en llamas
(y al resplandor algo parece lenguas, bocas incrus-
tadas).

Bellos mapas que la fusilería graba en la cal de las
paredes.

Bellas las botas del ahorcado a contraluz.

(Alguna vez fui Paddy Jay Mahogan.
Este ojo donde ahora duerme un buitre
brillaba gris en las fogatas frente a mi hoja de
afeitar.
Vine a América porque me dijeron

que acá había mucha plata.
Pero cambiamos de país:
me convertí de invasor en defensor
sin marearme ni subir de nuevo al barco.
Mis nuevos compatriotas eran feos,
enanos, resentidos. Si no fuera porque eran
irlandeses,
yo mismo los hubiera matado. En el sitio que
llaman
Churubusco, se rindieron sin mí. Seguí peleando.
Fue así que me apresaron los soldados de Scott
y me juzgaron –los muy imbéciles– como si fuera un
        desertor.
*Ahora mi cuello sabe cuánto pesa mi culo.)*

Desarraigados, pero no
de nuestros límites.


Yo soy la soga, larga
almendra de la asfixia,
deshielo de gravedad,
párpado vertical cerrándose sobre racimos
de lápidas mortificadas en la luz.
De mí todo se tensa,
todo vuela hacia abajo,
todo es yodo labial, todo
babea. Ideas baten el aire
como si el balanceo fuera a sanarlas.

(En 1847 el diámetro de la cuerda mide casi 2 pulgadas.
En el noreste de México las fabrican con un ixtle
deleznable sacado de la planta que llaman
"lechuguilla".

¿Qué marinero soy cuando sueño los barcos,
textil cristalería bamboleándose
en iglesias de sombra reseca;
mástil del que mi cuerpo cuelga
como la vela o la bandera:
como la patria?

¿Qué marinero soy en los muros abaleados
del lugar que defendí y cuyo nombre nunca supe
pronunciar?

¿Qué marinero soy lejos de Irlanda,
tan lejos que a veces pienso que está muerta
y para que me hable
tengo que aprender a creer en fantasmas?…

*Ahora mi cuello sabe cuánto pesa mi canción.)*

Entonces nos rodean y nos disparan, y algunos de mis
compatriotas caen, y mi idioma es siempre diferente al
de ellos: no hay modo de
salvarlos.

La fecha es una aldaba.

# APACHES

Para Carlos Manuel Valdés

Y así, extinguiéndonos como los apaches,
marchamos tras un rastro de emboscada.

Aguaje envenenado. Manantial que asesina.

¿Por qué grupos tan pequeños y tan pobres
se hacían a la guerra? ¿Tendrían razón
los cronistas al señalar que eran salvajes
y crueles por naturaleza? […]
Había […] objetos simbólicos
que servían [de] pasaporte […] entre enemigos […];
por ejemplo las flechas sin punta,
las sonajas, las calabazas adornadas […][2]

¿Qué significan esos gestos ahora que son solo
palabras,
símbolos de recuerdos que no podemos compartir?

Esta canción ha sido un largo
campamento de invierno. A lo mejor va siendo hora
de levantar las tiendas.

Camino de los desdicho, la desdicha
del recolector: son perlas

---

2 Carlos Manuel Valdés, Los hombres del mezquite, México, UNAM, 1995.

lo que antes fueron semillas.
Camino de cada huella, otra señal:
el rastro. Destazados en la voz; reses
abstractas.

"Ay, Zapalinamé. Lo mismo que a un cuatrero
te van a ejecutar". ¿Qué son ahora
estas doce calabazas:
cincuenta y cinco semillas?

No el ay de los apaches agitando sus lanzas:
el ay de la retórica elegíaca española.
Y el nombre de un guerrero, el
"Zapalinamé": un indio chichimeca
del que lo ignoro todo:
quizá un muerto en combate, los pies entre espadañas.
*(Nature, berce-le chaudement: il a froid.)*
Un hombre sin aurora, sin ardor. Un nombre
que solo encontrarás en los mapas de Coahuila:
"Sierra de Zapalinamé": para conmemorar
que en este bosque se ocultaba una gavilla.
(De donde infiero que los poetas
son tan ingenuos como los guerrilleros;
creen que su nombre resonará
a través del lugar en que se esconden.)

Y el mote de "cuatrero", dos
botes torvos: "matrero"
y "alguien que pone un cuatro".

Pero lo intraducible: *te van a ejecutar.*

¿A qué te suena, versero,
tu nombre en tierra de indios:
chicanimama,
yparamboa,
manojos o cabezas, chizos,
sipoplas tovossos mescaleros,
cuicuitaomes de dientes alazanes,
los cocomaguacales del pellejo blanco,
de otra piedra los borrados con
sus manos sordas, los de
pies de recacalote, opulas,
osatames; sanac; ynic; yoricas:
Los Que Comen Todo Manjar Hecho Pinole?…

¿Qué significan las flechas sin punta,
las sonajas,
las calabazas adornadas–
los obsequios de paz que nos da el día;
qué significan, si decir
es una exiquia,
si no hay un solo nombre en este duro idioma apache
que no lleve el sufijo *tevanaejecutar*
*tevanaejecutar*
*tevanaejecutar?*

Y así, detrás de un rastro:
extinguiéndonos.

ÁLBUM ISCARIOTE
(2013)

## ANÍBAL SUPERSTAR

Yo no sé cómo amar a un elefante.
Me da igual si lo dijo Daktari
Yvonne Elliman
P. T. Barnum
la mamá de Dumbo meciendo al cachorro a través de
los barrotes
        de una cárcel con ruedas
Tito Livio en sus *Décadas de la historia romana*
wikipedia
cualquier otra siniestra criatura que hoy le informa a
este mundo
        hacia dónde
sopla el nudo corredizo:
yo no sé cómo amar a un elefante.

He cambiado.
He cambiado un spot por una
quemadura.
La quemadura es el lenguaje con que juro, manos
abiertas sobre el hielo.
La quemadura máquina de guerra,
huellas de paquidermo sobre la nieve de los Alpes.

Soy un guardián y dos cabezas.
Con la primera perdí dos guerras púnicas.

Con la segunda triunfé en la batalla de Cannas.
Sueño todas las noches con
mi hijo. Yace
sumergido en su madre; es
un gladius o un diente empollado
o una bolsa de transfusión.

Sueño que una serpiente de leche bronca y sombrero
duerme debajo
     de mi studio couch.

Sueño estúpidos colibríes secuestrados por el ámbar
tragaluz de una
     mansión en ruinas.

Sueño que un sacerdote encapuchado de gangsta lo
besa y lo amaga
     empuñando una uzi.

Sueño que juntos apedreamos a una adúltera llamada
Escipión
     el Africano.

Mi hijo, rayo púrpura en la mano de Baal,
atraviesa la nieve
armado de su lanza y montando un elefante.
Yo lo espero en el quirófano: cuatro cambios
de ropa, toallas húmedas, una
mantilla blanca.

Y ahora el circo: grandes masas de carne machacada en
Sagunto,
              Ilíberis, Ruscinón.

Y ahora precipicios: las piernas de mi mujer abiertas a
la masacre.

Y ahora –me indica lo que llaman
el destino (voz en off; locutor; una
antístrofa)–
el mensaje de nuestros patrocinadores:

        Según algunos, habiendo reunido a los elefantes
        en la ribera del Ródano, irritado el más furioso de
        ellos con su conductor, le persiguió en el agua, por
        lo que el hombre huía a nado, de modo que
        arrastró dentro del cauce a todos; ahora bien, en
        cuanto cada uno de estos animales –que tanto
        temen al agua profunda– perdió pie, la misma
        corriente le llevó a la otra orilla. (Tito Livio)

Turba de aminoácidos tu nombre,
Aníbal,
yerno de Asdrúbal, hijo
de Amílcar Barca.

# HURACÁN

es negro
este huracán
negra destreza
de sumar
viento y ruinas
negra la tierra
firme
la oscuridad
devoró las cosas
claras
negras las bodas
negro el arroz
negras las velas
encendidas
carbón y tizne
la voz más dulce
y Noche Oscura
tu mano
        en la mía

# AUTORRETRATO A LOS 41[3]

*Para José Eugenio Sánchez*

No soy un poeta joven. No soy un poeta joven.
Los chavos de los 80
me dan veinte y las malas.
No soy un poeta joven. Me rebasaron estudiantes
de la BUAP y de la Ibero. #NoSoy132.
No soy un poeta joven pero lo fui alguna vez.
Lo fui cuando Pinochet gobernaba a los chilenos.
Lo fui cuando Raúl Zurita se quemó con la cuchara.
Ahora no escribo más versos.
Ahora no escribo más versos.
Y sí: me siento confundido cuando Dani Umpi se
disfraza de abejita.
Y sí: me aterra que los ciber-neo-eruditos suban a mi TL
bibliografías
completas
de medio millón de Grandes Escritores
Latinoamericanos nacidos
        entre 1940
y 1982.
Me voy quedando atrás de los becarios de la
FLM y el Programa de
Jóvenes Creadores. Soy un viejo
despotricando contra chicos que escanden su *slam
poetry.*

---

3 Cfr. "I'm losing my edge", LCD Soundsystem

con nostalgia (prestada) por Amiri Baraka
y The Nuyorican Café.

No soy un poeta joven. No soy un poeta joven.
Me doy cuenta cuando los fans de *Círculo de Poesía* me
tachan de
cocainómano
y me prohíben usar la palabra semiótica en su página
web.
No soy un poeta joven pero lo fui alguna vez.

Lo fui cuando José de Jesús Sampedro llegó al taller de
Miguel Donoso Pareja
con una camisa color rosa chillante y unos inmensos
Ray Ban (yo leía
pacientemente a Apollinaire).
Lo fui cuando José Eugenio Sánchez publicó
*El mar es un espejismo del cielo*. Le dije: "con ese título
más parece bolero de Los Panchos".
Anduve por ahí. Fui el primero
en usar la palabra *sayayín* en un jaikú. Mi tutor del
FONCA
me retiró el saludo.
Pero todos sabemos lo que vino después: yo nunca
estuve
equivocado.

Compré Mansalva en el Correo del Libro
y fotocopié a Anthony Hecht en la biblioteca Pape

y encontré mucha basura lírica en las librerías
de viejo de Torreón. Leí  de Pedro Pietri
en 1991
en la casa de Martha Margarita Tamez.
Leí a Kenneth Goldsmith antes que Heriberto Yépez.

Transcribí fragmentos de un manual de ingeniería
mecánica y los firmé como poemas en el año 2000.
Acudí a muchos encuentros de escritores nada más
para lanzarme, vestido, a las albercas (antes de que Luis
Jorge Boone jurara suplantarme –promesa que
incumplió).

Pero luego dejé de ser muchacho y fui sustituido por
muchachos
más guapos, con
mejores ideas, con más talento
que yo.
Por muchachos que me caen mucho mejor que yo.

Así que ya no soy un poeta joven.

Me dijeron que tienes la mejor colección de poesía
latinoamericana
que existe.
Los textos perdidos de Gomringer. *Galaxias*
de Haroldo en la versión de Reynaldo. La poesía
completa de Perlongher
publicada por Seix Barral. Me dijeron que tienes

la primera edición (venezolana) del *Hospital Británico*.
Me dijeron que
tienes un contrato con UTEP para determinar quiénes
son los
Verdaderos Grandes Poetas De México Posteriores A
Los Ochenta
–y entre ellos
decidiste incluir a tu papá.

Me dijeron que tienes una suscripción a todas las
antologías pasadas
y futuras
firmadas por Julio Ortega y/o Miguel Ángel Zapata.
Me dijeron que estás coleccionando Moleskines
de cuadro chiquito y ya no
escribes directamente a tu laptop porque quieres
pensar como Borges, regresar a lo básico: hacer un libro
de sonetos.
Me dijeron que abandonaste la videopoesía
para fundar con tus amigos una editorial cartonera.
Me dijeron que vendiste tu colección de Eloísa
Cartonera
para comprar una cámara de video.

Me dijeron que todos los poetas a los que tú conoces
son más relevantes que los poetas a los que yo conozco.
Debe ser verdad; ¿has visto mi librero?...

la división y otros muertos epístola a arias montano darkness moves minuta memoria de la alta milpa un día marion bataille el jarro de flores el pozo en la memoria manual de viento y esgrima un libro levemente odioso ensayos fortuitos a una mujer muy flaca con unas faldas enormes el monumento traducido por elisa ramírez jorge cantú de la garza un (ejemplo) salto de gato pinto la guerre au luxembourg valientes ellos con las armas nada sobre nada nada del otro mundo 26 puntos a precisar el surco y la brasa first figura ocho siglos de poesía dos docenas de naturalezas muertas uma flor mother said ingeniero de cuchillos del ojo al hueso flores para hitler acuña de figueroa tristia piedra y otras palabras paroles juan sánchez peláez la isla se mueve el azar es un padrote cuaderno del bosque de pinos dieta de manzanas para el león que cerca su sonrisa en cantos cartas de amor para la señorita frankenstein afuera hay un mundo de gatos don quixote which was a dream ni lo que digo woolgathering the penguin book of contemporary verse antología de la antología griega neverever aullido aullido de cisne carroña última forma el jugador, el juego wirrwarr muchachos desnudos bajo el arco iris de fuego evodio escalante padre toca el tololoache elephants on acid el pobrecito señor x es la calle honda cielo secundario the united states of poetry the freeing of the voice la insurrección solitaria /

la insurrección solitaria /

la insurrección solitaria /

Me temo que no sabes lo que realmente quieres.
Estoy seguro de que no sabes lo que realmente quieres.

Me dan ganas de confiscar tu título académico
y regalarte una suscripción a la revista Buenhogar.

Me dan ganas de confiscar todos tus cuadernos
y regalarte una pedalera roja.

# EL CIELO ES EL NAIPE

# MIRAMAR

*para Nacho Valdez y Jonathan Bouchardt*

1

La ola que gira junto al pie
es una percepción banal.
No dura ni un latido;
eso la vuelve prodigiosa

(otra vez:)

la ola del olvido,
este ojo
que ha mirado el mar mil años /

busco mis restos frente a Playa Miramar.

De un lado a otro mariposas de unicel
y cantinas
como Lázaros en un palmo de sol.

La marea intenta ayudarme:
desentierra una tibia
(pero sumerge la clavícula)
y solapa cabellos
(aunque ya sin cabeza).

El tiempo es nuevamente piel bronceada y tejabanes,
una radio de pilas, jícaras, embriaguez,

de pescado podrido,
voces de niños colgadas de la tarde
como lámparas encendiéndose una a una,
torsos que se desnudan en la espuma
con un gesto tan viejo que es la viva pureza.

El tiempo no cambia de lugar.

Si las palabras no salieran al encuentro de este instante
el mar sólo sería una infinita procesión de melodías
equivocadas.

Los dioses de todas las provincias del miedo
se olvidaron de mí. No me visitan
ni siquiera en medio de esta bella celada.

Busco en vano mis restos
frente a Playa Miramar.

2

De una salva de viento
        florecen las gaviotas como llamas oscuras.

Los baños están sucios
        y ya casi no nos queda gasolina.

El silencio es un seco mendrugo
de las seis de la mañana.

Los colores ascienden de la tierra
como lajas bajo un tajo de bronce.

Una adolescente de bikini rojo
con un tatuaje falso al final de la espalda.

En la gasolinera
vomitamos por turnos.

Después otra cerveza:
una luna de aluminio a ras del agua.

Hay un ciego en mis mosquitos, un molusco
enconchado en mis párpados.

El griego y Matthew Arnold
escucharon también esta sortija encantada.

A las ocho pensamos en comida
pero el sueño nos vence.

El mar habla dormido
como un viejo contando monedas que le faltan.

Despertamos cuando el arcoíris
decolora las casas con su aspa de cristal.

De una salva de viento
florecen la Marina y el petróleo.

Tomo notas puntuales
  pero no cabe la brisa.

Mis ojos son palabras que caminan en círculos.
  Mis huesos un cadáver en la luz de otro día.

3

Cosas que dan felicidad:
  Limpiar los camarones que vas a comerte.
  Cazar un animal en los ojos de una muchacha.
  Tener en el bolsillo las monedas exactas.

Cosas que dan insomnio:
  Un suspiro de cáncer punzando en el esófago.
  Una gasa de diésel flotando sobre el rostro.
  Una escalera roja entrevista en el sueño.

Cosas lentas:
  Relojes de arena mojada.
  Un parpadeo entre dos gaviotas.
  Estrellas que parecen náufragos del Titanic.

(El cielo se empoza. El tiempo
no cambia de lugar.)

Hay en mi boca un príncipe quitándose la túnica,
hay una mantarraya de gas matando pájaros,
hay jardines de veneno

y senderos flanqueados de naranjos:
    cosas
    que van al vértigo.

La oscuridad empuña todo el Golfo de México.
Yo soy ese caballo
al final de la rienda.

Ciudad Madero, primavera de 2002

## SAUDADE

¿Qué es una saudade?
    hay lugares donde el cielo es el naipe de una estafa
    lugares exaltados por el deterioro del amanecer
    rotos lugares donde el viento hace los párpados
    marrón de una montaña
    mordedura de nube en el filo de las piedras
    amasiatos de luz en el perfil de los vegetales
    un muro de náufragos apilados
    un pájaro asaeteado bajo la lluvia pánica)

¿Es una palabra,
un color,
un sentimiento?
(el mar muere de viejo
    y es tan azul como una tarde en el patíbulo
    el pobre anciano mar despojado de niños
    azul por las heridas que le han hecho las gaviotas
    estéril y enguantado como un quirófano infinito
lo enrojece un rumor de aves deshabitadas
y entre sus pliegues guarda mástiles prohibidos
y piedras y muertos y caracolas anteriores a dios)

No es una palabra.
es un mal principio de la soledad
donde no se puede dar nombre a las cosas.
    (te llamarás frutal
    te llamarás sin lengua

te llamarás párpado roto herida cinturón
te llamarás maduro sol presto a caer sobre nosotros
te llamarás olla de barro donde se cuece el pellejo de
todos los hogares
te llamarás pozo que habita el centro de las camas
te llamarás ventana –ruido
que se rompe
te llamarás final
y tu carne alerta de miembros y campanas.)

# FILMOGRAFÍA

Tú pensabas que el mar
era una galería de maleficios,
esa torre donde emparedaban a sus muertos
los traidores antiguos.
Mirabas cualquier chorro de agua
como si de él fuese a brotar el machacante azul,
el azul inveterado que
–en un arranque de cursilería–
*no ibas a poder soportar.*

Debí advertirte
sobre los riesgos de la filmografía marina:
nunca un mito ha de mirarse frente a frente.

¿Recuerdas esa película rusa
en la que un camión regaba naranjas
o manzanas
sobre una playa habitada por caballos?
Ya ves, en tus paseos conmigo
siempre estuviste cerca de la ternura y del abismo.

Por eso no era difícil obligarte a
depender de mis palabras:
entusiasmarte con mi reconstrucción
del esqueleto de un cangrejo
y obligarte a salir a la calle sin zapatos
como un metafísico desafío para la arena.

Sin embargo, no puedo hacer a un lado
el vacío de tu fe:
jamás has visto el mar.
Nunca te revolcó su lujuria de ciego
ni entraste al catecismo de su rápida cúpula.
Jamás has visto el mar; no desgranaste
tus ojos en el timbre de su carne.
Y esta inútil inocencia
ha de dolerte cuando hagamos el amor
y no sepas en qué lugar tengo las manos.

# SOUND SYSTEM EN PROVENZA

# LA AUSENCIA

Dura poco tiempo el amor de los cuerpos:
siempre le gana la náusea del vacío,
como si fuera un niño abandonado
en los columpios del parque.
Nos gastamos a diario en edificios,
en trenes, y sillones,
periódicos pasados, simulacros,
de incendio que organizan los bomberos.
Gastamos los zapatos, los pies, las escaleras
que crujen ahí abajo haciéndonos temblar.

Dura poco tiempo el amor de los cuerpos:
los labios que nos rozan nos están despidiendo,
las manos que nos besan tienen gusto a ceniza,
los ojos se deslíen de mirada en mirada.
Qué pena tu vestido, mujer, ahí en el suelo,
su estampado de flores tan alegre.
Lástima de esa foto donde cantan
a nuestra espalda cientos de tejados.

# ROMANZA

(Legión XVIII. Año 9 d. C.)

Ella es una vereda,
hierba suave y amarga tejida por mis manos.
Su cuerpo no parece vivir en el tiempo:
viene y va con los horarios de
un tren en la memoria,
como si el amor fuera un sonámbulo
y nuestro abrazo la linterna
que intenta, sin fortuna,
salvarlo de los riscos.
Ella es una tonada,
una canción para pulir el fervor de la hogueras.
En su rostro no florecen las leyendas españolas:
ni princesa del augurio ni borrasca
ni muchacha raptada por los moros.

Ella es la que soñaban los soldados romanos
cuando ocultos en un claro del bosque
se lamentaban de haber perdido la batalla.

# CANCIÓN

*(De Frizio a Laurielle. Brindisi, siglo XIII)*

*para Ana*

Tú eres joven.
No te ocupas del tiempo.

Yo tejo en mis palabras una
red de hilos suaves,
una cesta de mimbre para
guardar tus ojos, tu blusa
verde, tu voz que es el jardín
donde camino en sueños,
la pureza de tus gestos
cuando tomas un vaso de agua.

Tú eres joven.
No te ocupas del tiempo.

Por eso yo tejo una red,
una cesta de mimbre de palabras:
para que nunca más el tiempo
pueda cortarte un solo pétalo;
para que siempre que te asomes a este
pedazo de papel

brilles como una estrella caída en el estanque.
Para que tu belleza sea una lengua de fuego
y mis palabras la ceniza.

## JOB

He pasado por manos.
Manos como dinteles sosteniendo hendiduras,
manos bajo la manga, gemelas de cuchillos,
en manzanas dormidas. Tuve huellas
digitales –un velo
de mapas– sobre el rostro,
y he sentido el arrullo de los dedos muy viejos,
la timidez de palmas regordetas,
la luz que emana de pulgares
acostumbrados a examinar piedras preciosas.
He sido siempre el hombre, la vasija,
el temblor de la mano.
Mi cuerpo es como el dorso gastado de una Biblia.

Menos si tú me tocas. Tus manos me descifran,
me imprimen nuevas fechas, afilan mi perfil.
En ellas resplandezco
lo mismo que una gota en el vapor.

# CARTA DEL PROFESOR

Soy un pueblo abatido por las plagas.

(Lo sé, no es de buen gusto
mencionar a la peste en una carta.)

Nuestro hijo Moshé se ha pervertido. Se viste
como si nadie lo mirase,
de harapos se viste,
como quien renuncia a la Eternidad.

Los salones de la escuela están cada vez
Más fríos. Toso y creo tener los pulmones
adornados por una enramada de escarcha.

Hoy no diré vuelve, Sarah.
Sé que el señor ha puesto su puño entre nosotros.
Pero tratemos de mirarnos
pese a que la distancia exhala un vaho de plata sucia.
Sin ti soy un pueblo abatido por las plagas.
Una barca de remos que da tumbos
del sueño a la ribera.

## MCDONALD'S

Nunca te enamores de 1 kilo
de carne molida.
Nunca te enamores de la mesa puesta,
de las viandas, de los vasos
que ella besaba con boca de insistente
mandarina helada, en polvo:
instantánea.
Nunca te enamores de este
polvo enamorado, la tos
muerta de un nombre (Ana,
Claudia, Tania: no importa,
todo nombre morirá), una llama
que se ahoga. Nunca te enamores
del soneto de otro.
Nunca te enamores de las medias azules,
de las venas azules debajo de la media,
de la carne del muslo, esa
carne tan superficial.
Nunca te enamores de la cocinera.
Pero nunca te enamores, también,
tampoco,
del domingo: futbol, comida rápida,
nada en la mente sino sogas como cunas.
Nunca te enamores de la muerte,
su lujuria de doncella,
su sevicia de perro,
su tacto de comadrona.

Nunca te enamores en hoteles, en
pretérito simple, en papel
membretado, en películas porno,
en ojos fulminantes como tumbas celestes,
en hablas clandestinas, en boleros, en libros
de Denis de Rougemont.
En el *speed*, en el alcohol,
en la Beatriz,
en el perol:
nunca te enamores de 1 kilo de carne molida.


Nunca.
No.

## SUBURBIO DE UNA BALA

*Mónica:*

1.- Debiste conocerme un poco antes,
cuando tanta cocaína, tanto
idílico subsuelo me volvió por un tiempo
un amante mediocre.
Placeres que partían la memoria de la piel
como quien parte una nuez al apretarla
en el puño con otra. Una vaga
aspirina de dolor.

Debiste conocer esos rígidos murmullos,
mis médulas marchitas, la arritmia
como niebla. Un monje atravesado
por su hombría de coraje y Nembutal.

Te hubiera hecho el amor
desde una pústula. Sabrías
(y yo a través de ti, tocando con
mi mano kerosén el espesor
de los jaguares)
que hasta el arrobado gozo
viene de malos sentimientos;
no generosidad sino
reconciliación.

Lástima que no baste con decirlo
(y por eso al escribir
la confesión es el suburbio de una bala que atina
y por eso la poesía es la grieta
menos visible de nuestras urnas funerarias)
para volver redondo el viaje del deseo
al valle de los muertos.

Redondo: una esfera de epifanía
y odio
en la que desnudarte fuera un símbolo de mí.

2.- Solo amo a las desconocidas

[Confesión, suburbio de una bala:
"vuélvete, paloma,
que el ciervo es un lucero de amarillas espinas,
él mismo su safari de esplendor carnicero,
su mística gavilla de francotiradores.
Vuélvete, que están tirando al aire
ahora que no queda ciervo en pie".]

Lo descubrí a los treinta, con mi segunda esposa.
Estaba en esa puerta, riéndose,
húmedo aún su cabello hasta los hombros.
Llevaba una blusa verde
de la que siempre estuvo orgullosa
porque yo la mencionaba en un poema.

La miré y
me di cuenta de que ya no la quería.

["Fue que, a fuer de acariciar, las líneas de su mano
se volvieron sagradas, intratables."
"Fue que, de tanto ir hacia adentro, se derramó de mí."]

Fue una cosa vulgar: la engañé
con dos mujeres, me gasté su dinero.
Unos meses después
me envió dentro de un sobre de papel manila
su blusa hecha jirones.

Yo había escrito
    *una cesta de mimbre para guardar tus ojos,*
    *tu blusa verde, tu voz que es el jardín*
    *donde camino en sueños [...]*
    *para que siempre que te asomes*
    *a este pedazo de papel*
    *brilles como una estrella caída en el estanque*

Caída.
Caída.
Mira:
vuélvete,

que están tirando al aire.

**ENVOI**
**teoría de la recepción**

"Aherrojado contigo
en el suburbio de una bala": dije algo así
por preguntarte si querías bailar.

Ay, los poemas del fin del mundo,
cochambrosos porque un filósofo alemán
se adornó las rasgadas vestiduras con cráneos de
judíos,
porque un poeta judío se ahogó entre la bruma,
muy lejos del mar.

*Miscast:* siempre vamos al teatro a ver *Las nubes*
con los broches de Yocasta en un bolsillo,
por si acaso.

## OVIDIO

*(año 8 d. C.)*

Cantamos a la patria
cuando es una muchacha de tacones delgados
aprendiendo a bailar en nuestros brazos,
tan próximo el olor del maquillaje
que a veces nos obliga a estornudar.

Cantamos su memoria
cuando en un tren se marcha toda nuestra destreza
y ella prolonga su ademán de novia para
decir adiós, y un beso,
y que vuelvas milagrosamente a salvo de la ira.

Otra clase de patria para qué.

# DESTREZA PASAJERA

## DESTREZA PASAJERA

### 1

Todo lo que me queda son
fotografías
manchadas y con letras al reverso.
Gonzalo y yo en motocicleta rumbo a
San Buenaventura
dejando el viento deshilar
nuestros cabellos:
medianoche
y un prostíbulo a flor de carretera
hasta donde llegaban los escarceos de
los coyotes.
                    La música a 20
kilómetros de casa: íbamos
a escucharla,
a tendernos sobre una cama
que apestaba a crema facial,
un cigarro entre los dedos y en los labios
una gota
de sudor por el baile.
Un prostíbulo. Una mujer
de muslos varicosos.

Noche y música surcaban
nuestra piel de adolescentes,
viento en velas y mar
que susurra en los maderos. Y el desierto

de coyotes tan lejanos, tan cercanos
a nosotros.
                    Ahora
Todo lo que me queda
–mira: son
estas
        fotografías.


2
Del roce de los cuerpos de la feliz tertulia
de los sueños que no fueron a Hollywood
a Memphis
de las piedras y botellas lanzadas a la luna
nacieron ciertos cuerpos rajados abaleados
deshielo de cadáveres llenos de mariguana
de latas de cerveza de latas de sardina
un niño de quince años vomitando su bilis
su falta de persianas cuando nos ciega el día
un niño de quince años un disparo un accidente
y él dice adiós dice adiós a los traileros
vendedores de aceite maquinistas
adiós adiós Alejandra adiós sombrero de papá

A David lo velamos un noche de marzo
en la que nadie tenía sueño:
yo abracé a mi novia
y me encerré con ella en un Volkswagen

*¿No te parece un asco*
*no te parece un*
*lujo inadecuado la*
            *destreza pasajera?*

(si te lo cuento
es para que disfrutes
estas fotografías)

3
Hacíamos el amor en colonias oscuras
la espalda contra el muro de un depósito de agua
tres mil cinco mil litros y a veces nos tocábamos
pensando en Jessica
Lange Kim Basinger Belén Ríos
nuestros sueños no daban para mucho
un poco de béisbol
la canción que pedimos y nunca programaron
el soplo de rencor esparcido a medianoche
cuando el himno nacional abría la puerta del insomnio

Tú en el 86 no sé con quién
tú no sé dónde
cuál era la sal de la espalda que irritaba tus ojos

Yo estaba sujeto a una muchacha
tal vez la gracia de su nombre
tal vez su nariz o un primoroso par de aretes
tal vez solamente un vestido a rayas verdes

y amarillas
tal vez solamente la buena voluntad
con que el vestido resbalaba por su cuerpo
lamiendo las paredes
diáfano como el agua firme como el asbesto
su cuerpo de muchacha fluyendo a borbotones

Ahora dime si no somos afortunados
si no es sabia la matemática la historia
la geografía
la distribución de la riqueza
tú y yo nos topamos demasiado tarde
pero llegamos con los huesos sanos
con el amor pulido a fuerza de preguntas
y jadeos

Y cuando crece el temporal tras la ventana
qué puedo hacer
sino abrazarme a tu cadera
dejar en ti el tatuaje de la memoria a borbollones
primero en esta cama cubierta de migajas
pero luego de pie
otra vez sostenido por el tumulto de agua
que como en un depósito
corre detrás del muro

4
Salíamos entre las ocho y las nueve de la noche
sin dinero casi siempre con los ojos hirvientes

con los ojos puestos en la próxima infección
Adrián sin un centavo
Julián cenaba gratis en casa de su novia
Álvaro comía de matar puercos
con un punzón los mataba con un tiro perfecto de
punzón
solo Gonzalo podía pagar una hamburguesa
nada mejor que una hamburguesa en este barrio
polvo en cada banqueta quinceañeras borrachas
novias de nuestros golpes de nuestro buen salvaje
espíritu
amas de casa de la casa abandonada
donde fundamos la caricia violenta
el aguardiente con refresco de toronja
cada boca un amargo rezumar
jugando a la avalancha sin rocanrol sin cumbia
sin amistades largas ni inscripciones en los muros
temblando a veces pensando
en Lola en Magda pensando
así nomás en Dios
diantre de ocio
tomábamos la calle con las visiones místicas
de un mundo sin ositos de peluche
buscábamos un baile
locos los ojos una mirada de cemento y sueño
en la casa abandonada todas las casas eran
la casa abandonada
eran las ocho
sí

las nueve de la noche
puñetazos a veces cinturones pedradas
unos pocos ardían nada más porque sí
por no caer de su hamaca en el cielo
de los que han odiado mucho y sin saberlo
sin un centavo plenos en la ceguera todos

yo era feliz con ellos en las calles
mientras tú          allá lejos
encendías la fogata de una huelga escolar

5
Tuve esa novia,
una tan dulce que
yo gastaba mi puño en robos
de chocolates para ella
y hasta rogué olvidarme
de lo que soy ahora: sí,
como árbol seco
pedí que me talaran con su amor.

Ella tenía ese nombre feo, los
hombros anchos, ella era
muy bajita, pero reía de un modo
que la volvía más alta,
y había nacido en el desierto de Mayrán;
por las mañanas estudiaba para ser secretaria,
con los hombros tan anchos y las uñas
esmaltadas de violeta y amarillo.

Y fuimos muy felices, hasta que me dejó
para casarse con el chofer que hoy la maltrata.

6
Todo lo que me queda son fotografías
y nombres de muchachos, como si el tiempo
fuera una vieja revista. Los miro
tan alegres, tan campantes.

Pero no están ahí.
Compañeros de viaje
caminando las calles,
masticando
tortas de carne fría:
puro fantasma erguido
entre el polvo de la colonia
Occidental.

Y también ese yo,
cuerpo tendido a dos pasos
de una locomotora,
un cigarro en la oreja,
la camisa del uniforme...
Nombres que dictan números
telefónicos, números de tormenta.
Uno muerto y otro divorciado, alguien que
se volvió Testigo de Jehová,
Álvaro que escribe desde Tampa,

Adrián que es
obrero montador.

Y al final este yo tan remilgoso,
tan ausente de mí.

Nombres que recuerdan
propaganda priísta
y tiendas malas de ropas y de caldos.

Como si en las imágenes muriera el heroísmo
y el dueño de las fotos recolectara sombras.

# CARTA A MI HERMANO MENOR

Una vez te encerramos en un bote de basura
y las hormigas te picaron en la cara.
Pero eso no destruyó tu belleza:
fue como una vacuna para aislarte del futuro.

(Esta mañana te hablo sin levantar la voz.)

Siento pena de ti
ahora que eres extranjero en el barrio donde vives,
la gramática ajena te reseca los labios
y me escribes una carta en español
acerca de tus pobres lecturas y la nieve.
Siento pena y sólo puedo intentar una página
donde se guarde mi rencor contra el país que te lastima.
Quisiera enviarte un suéter
o un boleto de avión,
pero ni estas vulgares
expresiones de amor tengo a mi alcance.

(Dioses de largos rostros en
Black Mountain: yo les ruego
una aureola que abrigue su belleza
de camino a Bartrum High School.)

# OJOS

La Historia Universal
en los recuerdos de mi casa en Acapulco:
callejón Benito Juárez
con un puesto de aguas frescas
y el perfume de los mangos;
tal vez un costado de la cárcel
insinuándose apenas tras la esquina.

Veo mi primer cuerpo
vacío en el cuerpo de un ahogado:
dos hombres lo sacaron de Caleta
y pusieron a escurrir su cadáver
con los pies hacia arriba,
como si pretendieran exprimirlo de la muerte.

Veo la mano de Jorge
tirando un gato desde el balcón.
La mano de mi madre preparando comida.
Las manos de un amigo
empujando mi coche de pedales.

Yo no me veo: no me veo.

Ese niño se gastó en la mirada.
Apenas una brizna de su vida me roza
cuando tengo los ojos borrados por el sueño.

## LA PRESENCIA

I should have been a pair of ragged clows
Scuttling across the floors of silent seas

*T.S. Eliot*

¿Quién está cuando todo oscurece,
cuando se vacían las tazas de café?

Escucho pasos en el tejado vecino:
un hombre se gana la vida
trepando a martillear.

*Mi abuelo era mecánico de Casa Redonda en 1960.*

*Siempre estaba borracho.*
*Subía tambaleando a los andamios:*
*medio cuerpo colgaba*
*cubierto de aceite, medio cuerpo buscaba refugio*
*entre los engranes de la locomotora.*
*Nunca se vino abajo ni derribó sus herramientas.*

*Murió de cirrosis*
*sobre una cama estrecha*
*y fue mi madre quien desnudó su cadáver.*

¿Dónde está la figura del abuelo Marcelino?
Mis recuerdos y los martillazos no logran dibujarla.

*Cuando mi madre volvió a la calle de su infancia*
*no encontró casi nada:*

*ni el cadáver desnudo de su padre*
*ni la fachada de su casa*
*ni la tienda de abarrotes donde compraban leña y pan.*
*Sólo reconoció la calle*
*por una roca en la esquina*
*—una piedra que nunca sirvió para nada*
*pero que seguramente sigue ahí.*

Abro la boca y busco
el dolor de mi madre en una de mis muelas.
Toco mis huesos como quien escoge un hato de leña.

¿Qué mano toma el martillo y golpea sobre el tejado?
¿Quién semeja una piedra?
¿Quién se mira al espejo?

Es la presencia:
ese gesto que los fotógrafos no entienden.

THIS IS SPARTA

## LA LEY DEL REVOLVER

Ya lo dijo el vaquero:
*te mueves y te mueres.*
Filosofía desoriental
del spaghetti western.
Qué hilo de Nilo y rosa
svástica en la danza
de esta buena, mala y fea
maldición aliterada
*te mueves*

                    *y te mueres.*
Pon este koan en tu canana
junto a la foto de Van Cliff
y las bravatas de Heráclito el Oscuro.

# ZAPATISTAS EN EL BAÑO DE MI CASA

Oh nena no sabes qué noche terrible
yo estaba feliz pensando en ti
escribiendo un poema sobre la primavera
un amigo se acerca y me pide que hospede a
3 ó 4 zapatistas que están en la ciudad
Oh mi amor dije que sí gustoso
todavía pensando en ti
todavía escribiendo mi poema
no sabía no no sabía
que me estaba metiendo con el méxico bronco

Dieron una conferencia    y    pude dormir a gusto
pero luego al hospedarlos descubrí que me engañaban
no eran 3
sino 10
y ninguno guerrillero
sus profesiones eso sí me resultaron muy extrañas
        4 punks
        1 vendedor de camisetas
        2 marxistas ortodoxos infiltrados en telmex
        2 europeos mohosos pero de muy buenas familias
y el décimo se me hace que había sido boxeador
porque ya briago le dio por descontar al respetable

Pero lo más triste                baby
ah                honey
es que todos vivían en Monterrey

sólo habían ido a Chiapas a
mirar una cascada

Apenas instalados pidieron de cenar
sin importarles que yo pensara en ti
que todavía no terminara mi poema
me miraron con desprecio me llamaron
individualista
luego pusieron un caset de *def con dos*
otro de los Ramones
y cantaron como si vomitaran
.

Convencido de que no se apiadarían cociné para ellos
1 kilo de huevo 6 tomates 20 chiles 80 tortillas 2 bolsitas de
frijoles
Ellos me apresuraban
sus ojos relampagueaban
varios litros de tonayan escurrían de sus labios
la casa apestaba como un temazcal de mezcal

Pasé la noche en vela

sorbiendo coca colas

sin poder orinar pues siempre había
                    (siemprehabíasiemprehabía)

zapatistas en el baño de mi casa
zapatistas en el baño de mi casa

Luego de discutir
de golpearse
de hablar mal del gobierno
de censurar a marcos
de alabar la dictadura proletaria de la esquina
luego de cabecear de vomitar regurgitar de carraspear
de
abofetearse
nuevamente
mutuamente hasta la sangre
hasta los belfos
luego de asegurarme que Zapata había sido
maricón
se fueron por fin con esa cruda
que sólo da a las diez de la mañana
se fueron dejando como única prenda
como único recuerdo
un caset de los Violent Femmes

En cuanto desaparecieron
como si todo fuera magia
o todo fuera un viejo sueño
se esparció la primavera sobre el tufo de la cruda
varitas de nardo creciendo en tus fotos
flores en tu cabello guacareado
sentí unas ganas locas de declamar poesías
y eso que aún me faltaba lo más bello
Oh honey
llegaste pisando los talones de la primavera

con la propiedad privada de tus pechos chiquitos
con el imperialismo a cuadros de tu blusa verde

hey dear –estabas lista
para pasar a la catafixia– y mientras te desnudabas
perdoné mentalmente a los explotadores que se
comieron mi
comida
que vomitaron en mis muebles y me dieron
a cambio
nomás este caset
de pronto supe que nunca voy a rebelarme
No sé quién soy
soy tan voluble
me conformo con un trago
una cuenta de vidrio y un caset
me conformo con un pase
una blusa tirada y un caset
.

Y por eso te digo:
pásame el espejito para verme de cerca
porque ya no distingo dónde está el bien
dónde está el mal

# NADIE DICE MI NOMBRE

# JOB

Viejo y lleno de días.
Terminé de mecánico en un taller de barrio,
obrero montador en el Berlín amargo,
propietario de taxis que transitan el sueño.

Viejo, lleno de días, humillado en el blanco
de los ojos de Dios.
Mis carnes son la esquina de un daguerrotipo,
mi corazón es una fecha oscura,
mi afán es el salmón puesto a las brasas
junto a las márgenes del río que remontaba.

Caído en mí, distante,
hecho de campos de verdura
y ojos como canarios.
No he sido yo más mío que este plato de sopa.

Cada noche derribo, como un licor amargo,
las letras de mi nombre.
Cada mañana vuelve el Señor a edificarlas.
Tal es nuestro secreto. La mutua cicatriz.

Viejo, lleno de días,
me vuelve sabio el modo
en que voy pareciéndome a las piedras.
Y así como las chispas de un motor

se dan al aire,
así yo me abandono a la aflicción.

# SANTIAGO DE VORÁGINE

*Leyenda de San Julián El Hospitalario*

Dicen que luego de matarlos vivió siempre llorando
en plazas y hospitales llorando
y llorando en los vagones del metro con la túnica raída
los remos sobre el hombro igual que una escopeta
un letrero muy sucio colgado de su pecho
                              *yo maté a mis padres*

Lloraba con ese ruido sucio
que hace la lluvia al caer en los mercados
se encolerizaba cuando todos dormían
lastimaba muñones escupía a los internos
robaba sus dosis de morfina a los heridos
para obligarlos a llorar con él

Dicen que lo encerraban
lo empastillaban
lo madreaban
le metían un trapo en la boca y unos electrodos en la
cabeza
y después giraban la perilla
pero nada ablandó su crueldad
porque era santa

Una noche encontraron su cuerpo en los canales
le habían molido la cabeza con los remos
su letrero ensangrentado sobre el rostro

con este sobrescrito

*por fin se callará*

El gobierno del pueblo se negó a sepultarlo
pero nosotros lo consagramos desde entonces
como santo patrono de la hospitalidad

(Por eso
tú que diste positivo en los análisis
o yaces aguardando la próxima descarga
o no encuentras doctor que te venda una receta
o te lames las manos mientras te embarga la ansiedad
rézale a él
y dale sólo a él toda la fe de tus plegarias)

## ILESA

A través de galerías quemadas, fiestas que huelen a vino negro y vísceras leídas, manzanas de oro pútrido y alhajas cosechadas en larvarios, la troyana desciende como linfa a esta fiebre. Es una miel malsana escandida en la copa.

Oculta en su mármol de leyenda, Helena es una mortaja. Hay cadáveres tiñéndole la boca, gordos cadáveres llenándole los pechos, vigorosos guerreros sepultados en sus muslos. No lo sabemos; lo paladeamos en su lujuria marcial susurrada por dentro cuando ya somos suyos –gigantesco caballito de madera, esposo macerado en hiel de la masturbación–: Helena es una mortaja, lo notamos casi nunca. Su belleza conmemora su coartada.

Helena, ilesa, con este gesto de dádiva en la mano, y sus ojos de violeta helada, y el obús de ángulos que estalla en su perfil, es también Kali devorando cráneos en la intimidad del palacio de su suegro, Kali rejuvenecida por el argot de una estatuaria. Fausto lo supo al ver su fantasma: oh instante, detente, eres tan abismo

## AMÍLCAR BARCA

Me senté a la orilla del río
a ver pasar los cadáveres de mis enemigos.

Vi pasar una bacía de barbero, dos
barquitos de papel, una chinampa
con el nombre Dido de Tiro, cuatro
cardúmenes de vidrio, las escamas
veladas de una película casera, tinta
goteando en agua negra, el corazón
carbonizado de Penélope con un reca-
dito en alambre de púas:
*hoy salgo a las 8*

Me senté a la orilla del río
a ver pasar los cadáveres de mis enemigos.

Los cadáveres de mis enemigos
desposaban a mi ex seducían a
mi marido cortejaban a mis hijas me
daban como dote
una caja de whisky de rebaja en un outlet

Me senté a la orilla del río
a ver pasar los cadáveres de mis enemigos.

El río era un óleo sobre tela
y un detector de metales

y el ano blanqueado de Lady Guaguancó
y una flecha montada en once sílabas
y tú saliendo del baño para entrar en una guerra
y las cenizas de mamá en una cajita de falso
mármol rosa
y el largo de la lengua fluyendo hasta la asfixia
tras el
fonema el bulbo la vulva el
      clítoris de una intemperie

Me senté a la orilla del río
a ver pasar los cadáveres de mis enemigos.

    Ergonómicamente
    En flor de loto
    Sin albur
    Con las patotas sobre el escritorio
    Junto a un six
    En una butaca del cinema Río 70
    En actitud de modesta señorita con las piernas
    cruzadas

Me senté a la orilla del río
a ver pasar los cadáveres de mis enemigos.

    Olor a fibra óptica en el fuego
    Retenes de vómito tatuados en el limo
    Orfeo bajando a un Hades de esternón con una

música segueta circular
La descomposición: sabiduría en nave corsaria
Un autógrafo se borra con un chorrito de cloro
Me senté a la orilla del río
a ver pasar los cadáveres
de mis enemigos. Pero
el río era muy ancho;
pasaron por la otra ribera.

## MOSHÉ

Bienaventurados los de borracho corazón
los que incendiaron su pellejo una noche de
carrera por el bosque y vomitaban
en sus propios tobillos retozando entre brasas.

Bienaventurados los atronadores
tristes de carne abierta y ropas sucias,
novios embusteros de la vieja orquídea,
traidores imberbes inventores de nostalgia.

Bienaventurados sean, amigos,
tigres, palomas,
santos y amados sean sus cráneos,
sus genitales,
sus lenguas brillantes de saliva.
Ya no hijos de Dios
sino trocitos de Dios sean llamados,
desde el día de hoy y hasta el día
en que abandonen el horror y la ternura.

## SARAH

Escapé de los míos y ahora me alcanzan.

Vienen del sueño con sus corbatas grises,
con sus visiones turbias y sus pipas humeantes,
vienen del sueño
con su hombruna y su mujeril cortesía,
con su amor a los niños y su absurdo sopor de los
sábados
vienen del sueño
con sus cuerpos tapiados,
la mirada encogida como un guante de estambre,
con los ojos de cordero vienen del sueño,
con los ojos que los corderos posan en las mesas de
piedra.

El hijo y el amado,
la piedad que no tuve,
me alcanzan,
me miran,
ya no llego hasta mi aliento,
pisan quedo las piedras para no despertarlas,
entre cien millones de almas,
sin torcer el camino,
no se detienen,
vienen del sueño,
esa bermeja distancia sin cesar.

Señor mío, Dios mío, mi Señor:
escapé
y ahora me alcanzan.

# GENGIS KHAN

*Sueño que Gengis Khan se abate sobre ellos*
*como una redentora ola de mutilación.*

Ángel Ortuño

Bailábamos abrazados cuando irrumpieron los jinetes
pisoteando el jardín japonés de la entrada.
Sujetaron al pianista por el cuello
y le abrieron el cráneo, musitando:
*Play it once, Sam.*
Los martinis secaban la garganta
y no hubo un recipient de víscera o quesos
que no fuera volcado. Hacia la medianoche,
Gengis Khan bajó de su aposento
vestido de *drag-queen* y comiendo pastel.
Poco a poco, la fiesta se animó:
manos cortadas en la mesa de Monopoly
y en el Sony una porno situada en Año Nuevo.

Todo un poquito demasiado teatral.

Todo, menos el gallo:
el gallo que, en el patio de la casa,
cortaba con el pico pedazos de tomate
y caminaba alrededor de su vasija
como un guerrero tártaro en torno de la turba.

\*          \*          \*

Lo importante era volver sin brazos,
caminar sobre la cuerda desde el Medio Desoriente
hasta una pértiga de escombro.
Lo importante eran los brazos,
el no abrazo de los brazos apilados
junto a los hospitales (Ali Abbas –12 años,
Bagdad– fotografiado sin brazos. Derechos
Reservados. *La Jornada*.)
Uñas que sólo crecen hacia el color violeta.
Morfina en vez de brazos
para llevarse una caricia a la cabeza.

Lo importante era la mente de esos brazos:
la resaca de los miembros aferrados a la bomba.

*     *     *

un filamento rojo traído por la luz a la frontera de una
astilla

y el asombro era que verlo mucho rato
asfixiaba

*     *     *

El 25 de octubre de 1415, Francia murió de asfixia en
Agincourt. La estrategia de d' Albert resultó tan razona-
ble como trágica: su ejército era muy superior al invasor,
así que decidió atacar con toda la caballería. Su error fue
no tomar en cuenta el clima: ese día llovió mucho, el
suelo se convirtió en un fango pegajoso, y los hombres
de armadura quedaron inmovilizados, debido a su gran

peso, por las muy particulares condiciones del terreno. Los arqueros de Inglaterra no tardaron en pasar a cuchillo a la caballería francesa. Luego, tras la rendición, Henry V vio que tenía menos soldados que prisioneros. Temiendo que éstos últimos se rebelaran, ordenó una masiva ejecución.

Otros estudios señalan a la topografía como causa principal de la derrota: el campo de Agincourt presentaba una pendiente cónica, una suerte de gran cepo natural en el que –tras la confusión– los franceses se aplastaron unos a otros. Por eso los expertos consideran que Agincourt nunca fue un hecho de armas, sino un simple y lacónico "desastre de multitudes".

*     *     *

El hígado atraviesa tu país en hombros
de picos de pájaros: escombros a caballo
los del hígado cuando es vianda y jinete
de los buitres, luz tártara en los valles
desde el cielo (cernícalo: qué nombre para el filo
que ronda tu cabeza más arriba que nada).
Fuerza aérea, ingrávida.

El hígado como una joya azul
entre los pechos de la montaña intoxicada.

El hígado hilvanado con el amor en el aire
lo mismo que galón de una chaqueta militar.

El hígado (a caballo
de la ira a la cifra, y viceversa) cruza
entre dos aguas negras tu país.
Cruza esta latitud desmigajada
y bombardea patios, buzones,
ropa blanca en el lazo, húmeda todavía.
El hígado en su noche,
tan solo
que es su propio corazón.

*     *     *

¿Cuántas horas se hacen
del domo de placer de Kubla Khan
a la persoana de mandobles con la que Gengis Khan
se protege del sol en un hotel que es un caballo?

Hoy encontraron 32 pedazos
de cuerpos humanos en el metro de Moscú.
Es un milagro de ardid extraño, un río Alph de vagones
donde carnada y pez son siameses desbocados.

        (Una dulce
        voz en ruso
        anuncia el nombre de
        la próxima estación:)

Nos movemos.

        (Un hospital que es
        un vago, ¿es un siamés?,

                    ¿es una cirugía?, ¿es
                    un caballo?)
Nos movemos.

                    *          *          *

Yo entregaría a mi madre
a cambio de un paquete de cigarros.

A cambio de un reloj, de una tarde en Disney World,
de una ducha con Nicole
la entregaría.

Yo entregaría a mi madre a cambio del teléfono de la
madrota de las musas.

Yo entregaría a mi madre si el teniente de los serbios
me pusiera su revólver en la nuca.

Por cobardía, no (o también, pero): por odio.

Por odio a ella, no:
por odio a la unidad, por odio al tiempo,
por odio al hábito:

por amor.

                    *          *          *

        En el ápice de la Escritura,
        una mágnum graduada: el arca de Noé.

Entre las gasas giran moscas dibujando

el ideograma del dragón. Diamantes tártaros
sus alas.

   Pendiente de un hilo de muerte,
   el cubo del cráneo baja al pozo en pos de claridad.

Es un milagro de ardid extraño:
púrpura que sin válvula florece

entre las alas vaporosas,
pegadizas.

**OSCURA**

## SABER NOMBRAR LAS COSAS

Yo canté alguna vez algún adiós
y la gente escuchaba serena,
como habituada a mi voz o al desconcierto.
Era –no sé– el verso con maña
o la pedrada en el cristal.

Yo dije azul
y el techo de mi hotel se puso azul.
Dijo rojo
y mi playa se cubrió de garabatos asfixiados:
"Todo está –pensé–
en saber nombrar las cosas".

Pero hoy
he notado cómo crece tu cabello –ese tributo
entre tu cara y las paredes– y es aquí
donde me asaltan los prejuicios:
tengo miedo de brindarme como nunca,
de perder la mañana, el tono, la pedrada,
y soltar a instancia tuya el silabario
del Corán donde se tejen mis canciones.

# EL LUGAR DONDE SE FRÍEN ESPÁRRAGOS

*(featuring Octavio & Gabilondo)*

En Xanadú, los canes de la usura
acuñaron monedas que valían veinte talentos
porque mostraban la efigie del poeta
y el emblema: *Todo es este presente.*

¿Quién dijo que el crimen de leer no paga?
¿Acaso alguien ha hecho literatura comparada
entre el opio de Coleridge
y los bombones de Cri Cri?
Creo que sí: *en el patio del castillo*
*han sembrado un gran barquillo*
*y lo riegan tempranito con refresco de limón,*

es un milagro de ardid extraño\*,
un pedazo de hielo
creciendo hacia el verano: *un sauce de cristal,*
*un chopo de agua.*

(En el lugar donde se fríen espárragos
no queda un palmo de tierra para sembrar plantas
sagradas.)

Trabajos del poeta
Aspiración. Espiración. Espiritismo

---

\* "It was a miracle of rare device", Kubla Khan, v.35.

con sonsonete. La belleza es sólo caos
de baldosas biseladas de rocío
y arqueros con los guantes listados de magenta
y doncellas que aproximan –estiletes–
sus dedos de jengibre a la piel de las rosas:
todo arrumbado en la mente de un mongol
protegido del rigor de la roca en que duerme
apenas por la seda preciosa de su túnica.

Ah, tú.
Ah, yo.
Vulgares secretarias
transcribiendo un verde y rojo panegírico
de cúpulas en ruina. Soldados del Khan Kubla
adiestrados en la molicie más estricta,
cabeceando sobre el libro (láminas
a cuatro tintas) y soñando
–igual que Homero mientras despanzurraba teucros–
con el escote de las musas.

                    Lo dijo Antonio
años antes de morir al sur de Francia:
mi infancia son recuerdos de un patio de Frontera
y Olivia Newton-John

                    cantando "Xanadú".
Que cada quien contemple el paisaje que le toca.

# VARONES BLANCOS MUERTOS

(a la manera de una mala traducción en prosa [editada por
Promexa]
de un maestro menor del romanticismo inglés)

> ...*los poetas verdaderamente fuertes*
> *Sólo pueden leerse a sí mismos.*
> Harold Bloom

Yo fui un muchacho bello. ¿Acaso podría alguien de tales condiciones aspirar sinceramente a La Belleza...? Me refiero a un espíritu lo bastante siniestro como para ser fiel a los signos y emprender, cumplidos los cuarenta, un nuevo autorretrato. Dije "bello". No "*muy* bello". Apenas el nada bloomiano efebo mestizo deseado por algunos varones blancos muertos. Barriobajera promesa de trailero –el rostro envuelto en cicatrices– que jamás aprendió a meter el *clutch*. Hoy del espectro sin cumplir me sobra la barriga: qué embarazo. He quedado tan débil que sólo puedo leer a otros.

## OSCURA

*a Javier Sicilia*

Pasé toda la noche con el brazo en una grieta.
No era un aula de santos.
Era un hotel a las afueras de Querétaro.
Dos camas individuales provisionalmente pegadas
para caber los tres (siempre tres) juntos.
Ascesis: duermevela: Aníbal Barca, mi hijo, cayendo
cada 15 minutos por el hueco.
Es vulgar pero no es falso: pasé toda la noche con el
brazo en una grieta.
Me inculcaba el demonio de una negra rabia acústica,
¿para qué escribir poemas
si todo lo que hiere tiene el tacto vacío: usura de una
tumba?
Encandilado, muy orondo y sin luz (sin otra luz y guía
sino etcétera etcétera),
escribí de memoria estos versos:

"Al menos toca lo que matas.
Siéntelo babosa lumbre negro caracol con la que marcas
– meas–
plásticos: Identidad.
Recuerda, cuando vayas al cine a ver películas de nazis,
que tú no eres judío.
Pero si eres judío no recuerdes nada: al menos toca lo
que matas.
No te metas en dios. No vueles coches. No hagas citas

sagradas. No discutas conmigo.

No me vendas muñones. No me traigas cabezas. No me
pidas que aprenda a respetar.
Toca.
Al menos toca lo que matas."

Son pésimos. Lo supe de inmediato.
Hace un par de años que no logro hacer poemas.
Lo extraño pero no lo lamento.
Todos sabemos que la poesía no es más (ni menos) que
una destreza pasajera.
Una destreza que, perdida, se hace tú y alumbra oscura.

Igual que un padre pasará toda la noche con el brazo en
una grieta
procurando que la cabeza de su hijo no toque nunca el
suelo.

# FESTÍN O CIRCUNSTANCIA

Como hace varios años que no logro dormir,
me convertí en la noche que conocí en los libros.
Largos tramos de luna sobre rocas pulidas
y afluentes que se engastan en caracteres chinos.
La mirada de Uther en el talle de Igraine
profetizando muerte al duque de Cornualles–
y con ello vergüenza, guerra y blasones, triacas
de láudano que anieblan el insomnio.
Vino ático, cerveza nórdica,
vestimentas ganadas en un juego de azar.
Música de laúd, ángeles en el sueño,
sobrecitos de droga debajo de la mesa
que van de mano en mano.

Amanece y estoy muerto.
Me llevan por las calles como a una zalea,
enturbio los palacios, me duele la cabeza,
estoy gordo de miedo.

Cuando vuelve la noche vuelven mis pesadillas
y me siento feliz:
siluetas homicidas en espera de Duncan,
túneles que unen cárceles y mares,
codornices rellenas, sexo oral
en los baños del banquete,
Salomé y la cabeza de San Juan.

Frisos de plomo que envilecen las tertulias
de la mente. Fecunda periferia,
suicida rosa mística, núbil oscuridad.
Festín
o circunstancia.

**INDICE**

# BIBLIOGRAFÍA

*El nombre de esta casa,* 1ª. Edición, México, Fondo Editorial Tierra Adentro, 1999, 81 pp.

*El cielo es el naipe,* 1ª. Edición, México, filodecaballos, 2001, 31 pp.

*La resistencia,* 1ª. Edición, México, filodecaballos, 2003, 99 pp. - 2ª. Edición, España, Vaso Roto, 2015, 88 pp.

*Kubla Khan,* 1ª. Edición, México, Ediciones Era/ Consejo Nacional para la Cultura y las Artes, 2005, 84 pp.

*Cocaína (Manual del usuario),* 1ª. Edición, España, Editorial Almuzara, 2006, 102 pp.

*Pastilla camaleón,* 1ª. Edición, México, Bonobos, 2009, 113 p.

*Álbum Iscariote,* 1ª. Edición, México, Ediciones Era/ Consejo Nacional para la Cultura y las Artes-Dirección General de Publicaciones, 2013, 159 pp.

CPSIA information can be obtained
at www.ICGtesting.com
Printed in the USA
LVHW111143150821
695361LV00015B/413

9 781623 751777